LOS TRES CERDITOS

DAVID WIESNER

Editorial Juventud

PARA DAVID MACAULAY

Y

PARA CAROL GOLDENBERG

con gratitud

y un especial agradecimiento a Andi Stern

Título original: THE TREE PIGS

© David Wiesner, 2001

© EDITORIAL JUVENTUD, S. A. 2003

Provença, 101 - 08029 Barcelona

info@editorialjuventud.es

www.editorialjuventud.es

Traducción de Christiane Reyes

Segunda edición, 2005

Depósito legal: B. 48.412-2005

ISBN 84-261-3291-X

Núm. de edición de E. J.: 10.160

Impreso en España - Printed in Spain

T. G. Alfadir, c/ Rosselló, 52 - 08940 Cornellà (Barcelona)

Había una vez tres cerditos que se fueron por el mundo a buscar fortuna. El primer cerdito decidió hacerse una casa, y se la construyó con paja.

Llegó el lobo, llamó a la puerta y dijo: «Cerdito, cerdito, déjame entrar».

Y el cerdito contestó: «Ni por los pelos de mi barbilla».
Entonces el lobo dijo: «¡Pues soplaré y soplaré y tu casa tiraré!».

El segundo cerdito construyó una casa de madera. Llegó el lobo, llamó a la puerta y dijo: «Cerdito, cerdito, déjame entrar».

Y el cerdito contestó: «Ni por los pelos de mi barbilla».
Entonces el lobo dijo: «¡Pues soplaré y soplaré y tu casa tiraré!».

¡Ven, aquí estamos seguros!

Así que el lobo sopló y sopló y la casa tiró... y al cerdito se comió.

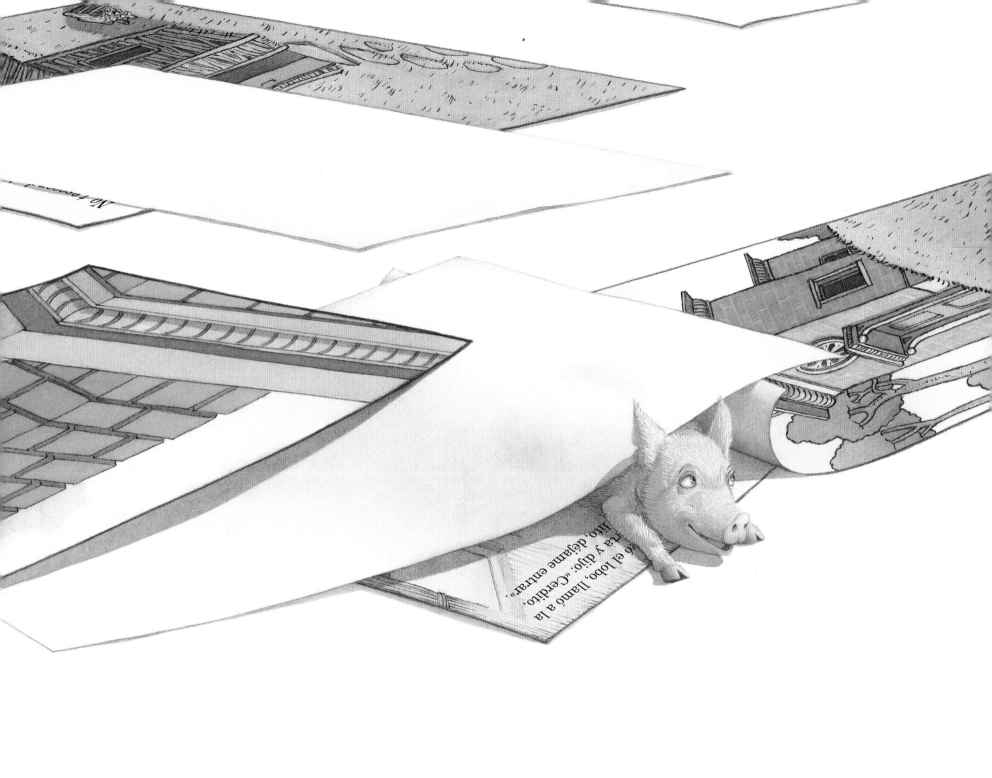

Hey
diddle diddle,
toca el gato el violín,
sobre la luna
salta la vaca.

El perrito se muere
de risa, y el plato
con la cuchara,
huye a toda prisa.

En lo alto de una montaña vivía un enorme dragón que vigilaba a una rosa hecha del oro más puro.

El príncipe, espoleando a su corcel, cabalgó hasta la cima de la montaña, desenvainó su espada y mató al poderoso dragón.

cer cerdito construyó
a casa de ladrillos.

Llegó el lobo, llamó a
la puerta y dijo: «Cerdito,
cerdito, déjame entrar».

Y el cerdito contestó: «Ni por los pelos de mi barbilla».

El lobo dijo: «¡Pues soplaré y soplaré y tu casa tiraré!».